3
YUKI
YOSHIHARA
W0407405
AI SURU HITO
Cours de séduction en 20 leçons

Scénario & dessin
YUKI YOSHIHARA

Traduction
XAVIÈRE DAUMARIE

Adaptation graphique
ALESSANDRO LAPIDDI

Lettrage
LARA IACUCCI

INTRODUCTION

Suite à un revers de fortune, **Sakiko Kinoshita** se retrouve à la rue et sans le sou. Heureusement pour elle, le professeur dont elle est folle amoureuse, le beau mais marié **Chifuyu Takasho**, pris de pitié, l'autorise à s'installer dans le studio voisin de son propre appartement !
Prête à tout pour le séduire, Sakiko prend des leçons de séduction auprès de **Natsuo Takasho**, le jeune frère du professeur.
De fil en aiguille, Sakiko réussit à devenir la maîtresse de son Chifuyu d'amour… Mais celui-ci s'avère être un bien piètre amant. Pour que leur couple soit parfait en tout, Sakiko décide de continuer à prendre des leçons sur l'art de l'amour avec Natsuo, afin d'apprendre à Chifuyu comment être un bon amant !
Mais la vie de cet infernal triangle amoureux est loin d'être paisible…

LEÇON N° 11...

LE NŒUD

SOUDAIN, UNE VOIX GRAVE ÉMERGEA DES PROFONDEURS DE L'ÉCOLE DÉLABRÉE ET FIT TREMBLER L'AIR...
UN RÂLE D'AGONIE ...
... COMME DES GÉMIS-SEMENTS ...
CETTE VOIX SEMBLAIT ÉMANER D'UNE PIÈCE VIDE OÙ PERSONNE N'ÉTAIT ENTRÉ DEPUIS DES ANNÉES...

J'ÉTAIS TERRORISÉE…
QUE POUVAIT-IL BIEN Y AVOIR DERRIÈRE CETTE PORTE ?
C'EST ALORS QUE J'AI VU…
… DEUX FRÈRES BEAUX COMME DES DIEUX, QUI DESSUS, QUI DESSOUS, LE CORPS LUISANT DE SÉCRÉTIONS CORPORELLES…
HO HO HO HO
YAEEEEEEE

IL TRIPOTE LE PÉTALE ! UN DOIGT ! DEUX DOIGTS !
PITIÉÉÉÉ !
BON, VOICI LA DEUXIÈME PARTIE DU CHAPITRE "VACANCES D'ÉTÉ" COMMENCÉ LA DERNIÈRE FOIS.
NOUS SOMMES TOUS RÉUNIS DANS LA RÉSIDENCE SECONDAIRE DES TAKASHO, LE PR CHIFUYU, MOI...
GULP
... NATSUO ...
HO HO HO HO
C'EST ALORS QUE SAKIKO SE JOIGNIT À EUX POUR UNE PARTIE À TROIS... ET QUI DERRIÈRE, QUI DEVANT, LES DAGUES DE CHAIR DÉCHAÎNÉES TRANSPERÇANT SANS RELÂCHE...
ARRÊÊÊTE !! JE NE VEUX PAS ENTENDRE ÇA !!
J'AI PEUR !
LES SCÉNARIOS DES MANGAS DE SUZUKI SONT ENCORE PLUS RÉPUGNANTS QUE DES HISTOIRES D'HORREUR NORMALES.

PUISQU'ON A ÉPUISÉ TOUTES NOS HISTOIRES D'HORREUR ...
LA QUEUE DE CHEVAL, C'EST PARCE QU'IL FAIT TROP CHAUD.
... ERI, FUJIMARU ET MLLE SUZUKI. AUTANT DIRE QUE C'EST PLUTÔT ANIMÉ.
C'EST DE LA FICTION ! ♡
CE NE SONT MÊME PAS DES VRAIS GAYS !
PASSE-MOI LA BIBINE !
... SI ON PASSAIT AU TEST DE COURAGE COMME PROMIS ?
URRGH!

* BANDE DE PAPIER SUR LAQUELLE ON CALLIGRAPHIE UN POÈME.

AH !
ON VA FAIRE DES GROUPES DE DEUX !
FRANGIN, TU VAS AVEC SUZUKI, ET FUJIMARU AVEC LA FILLE SANS SOURCILS, OK ?
PERSONNELLEMENT, JE PRÉFÉRERAIS QUE LES DEUX FRÈRES PÉNÈTRENT ENSEMBLE DANS LE CIMETIÈRE.
SUZUKI, SOIS GENTILLE, TAIS-TOI !
ENTRE TOI ET MOI, IL Y A PLUS DE FEELING...
FUJIMARU, LA FERME !
JE...
JE VEUX ALLER AVEC LE PROFESSEUR !
BLUSH
HUM ! NATURELLEMENT !
GRRR
JE VOIS, PUISQUE C'EST COMME ÇA...

DOMMAGE, MOI QUI AVAIS DES PHOTOS DE MON FRANGIN À MOITIÉ NU...
QUAND EST-CE QUE T'AS PRIS ÇA ?
IDIOT ! SI TU VEUX L'APPÂTER, ESSAIE DE TROUVER MIEUX QUE...
ÇA MORD ! ÇA MORD !
GRRR
MLLE... KINOSHITA ! COMMENT POUVEZ-VOUS ?!
PA-PARDON... MAIS CES PETITES CUISSES, JE NE PEUX PAS RÉSISTER ! ♡
PFF ! ALLONS-Y, SAKIKO !
TRÈS BIEN ! DANS CE CAS, JE VOUS OFFRE UNE PHOTO DE MOI EN SLIP !

SAKIKO !!
FAIT CHAUD...
PFF ! JE CONNAIS SES POINTS FAIBLES MIEUX QUE TOI !
SAKIKO ! JE TE DONNE UNE PHOTO DE LA BISTOUQUETTE DE MON FRANGIN !
HUM
HEIN ?
QUEL INTÉRÊT D'AVOIR CES PHOTOS QUAND VOUS POUVEZ M'AVOIR EN CHAIR ET EN OS ET ME TRIPOTER À VOLONTÉ ?!
COMMENT ?!

T'AS PAS HONTE, FRANGIN ?!
ET TOI, ALORS ?! UTILISER DES PHOTOS DE TON PROPRE FRÈRE DANS UN BUT AUSSI IGNOBLE !!
PHOTO BISTOUQUETTE !
TRIPOTAGE À VOLONTÉ !
LA FIN JUSTIFIE LES MOYENS !
GRR ?! QU'EST-CE QUI TE PREND ?!
BI... BISTOU... BISTOUQUETTE...
JE VAIS PRENDRE DES PHOTOS ENCORE PLUS HUMILIANTES !!
JAMAIS DE LA VIE !
ZI... ZI...
ZIZI... TOUT NU...

HUFF
HUFF
ALLEZ ! ÉCARTE PLUS LES JAMBES, FRANGIN !
UGH ...
BISTOU... BISTOUQUETTE... ZIZI TOUT NU... ZIZI...
QU'EST-CE QUE VOUS NOUS FAITES ENCORE FAIRE, MLLE SUZUKI ?!
MAIS JE N'AI ENCORE RIEN FAIT !
ET MA BISTOUQUETTE TOUTE CRUE ?
SILENCE !!

LE ZIZI TOUT CRU L'EMPORTE ! SUR CE, À PLUS TARD !
...

* PERSONNAGE DE MANGA TRÈS CÉLÈBRE AU JAPON. IL PEUT SORTIR N'IMPORTE QUEL OBJET DE SA POCHE VENTRALE.

IL PARAÎT QUE SI ON SE CASSE LA FIGURE DANS UN CIMETIÈRE, ON RISQUE D'ÊTRE POSSÉDÉ PAR UN FANTÔME !
FAITES DONC ATTENTION OÙ VOUS MARCHEZ OU VOUS RISQUEZ VRAIMENT DE TOMBER.
THUD
INCROYABLE... ELLE DIT ÇA ET TOUT DE SUITE APRÈS, ELLE SE CASSE LA FIGURE...
AÏE ! AÏE ! AÏE !
C'EST BIEN FAIT !
AH... ELLE VA SE METTRE À GONFLER.
MIEUX VAUT QUE VOUS NE BOUGIEZ PAS. ATTENDEZ-MOI ICI, JE VAIS VOUS CHERCHER LE TANZAKU.
HEIN ?! PAS QUESTION ! VOUS NE POUVEZ PAS ME LAISSER ICI TOUTE SEULE !!
JE REVIENS TOUT DE SUITE !
HEIN ...?

PRO
...

POF !
VOUS M'ATTENDEZ ICI SANS BOUGER, C'EST COMPRIS ?
HUFF! HUFF!
PROFESSEUR...

* TOMBE DE SAKIKO

P-PROFESSEUR !
VOUS ...
VOUS M'AVEZ FAIT PEUR !
PROFESSEUR ...?

JE VOULAIS VIVRE...
... ET TE REVOIR ENCORE UNE FOIS ...
?
HÉ ! HÉ ! HÉ !
AH !
SMILE
HEIN ...?

咲子之墓
FWU
ME REVOILÀ, MLLE KINOSHITA !
J'AI RÉCUPÉRÉ LE TANZAKU.
VOTRE PIED, ÇA VA ?
PRO... FESSEUR...
VOUS N'ÊTES PAS ALLÉ... VOUS CACHER DERRIÈRE... CETTE TOMBE...?

HEIN ?
QU'EST-CE QUE VOUS RACONTEZ ? ET POURQUOI FAITES-VOUS CETTE TÊTE ? ON DIRAIT QUE VOUS AVEZ VU UN REVENANT ...
GWÉÉÉÉÉH !!

HEIN ?!
UN HOMME QUI RESSEMBLAIT COMME DEUX GOUTTES D'EAU AU PR CHIFUYU A DISPARU DANS UNE TOMBE ?!
BROTHERS
IMPRESSIONNANT, PR ! COPPERFIELD EN SERAIT VERT DE JALOUSIE.
JE NE SUIS PAS MAGICIEN !
ELLE A DÛ S'ASSOUPIR UN INSTANT ET RÊVER.
CE N'ÉTAIT PAS UN RÊVE ! JE L'AI VU !
UN HOMME QUI RESSEMBLAIT À MON FRANGIN ...?

JE SAIS !
SAKIKO, L'HOMME QUE TU AS VU, C'EST NOTRE GRAND-ONCLE !
HEIN ?
...!
NATSUO !
VOTRE GRAND-ONCLE ?
LE FRÈRE DE NOTRE GRAND-PÈRE PATERNEL.
SI TU VOYAIS UNE PHOTO, C'EST HALLUCINANT ! C'ÉTAIT LE PORTRAIT CRACHÉ DE MON FRANGIN !
LE FRÈRE ...
... DE VOTRE GRAND-PÈRE ?
OUI. IL EST MORT IL Y A SOIXANTE ANS.
DOOOOOOMM

C'EST LE FESTIVAL DES MOOOORTS ! NOTRE GRAND-ONCLE EST REVENU ICI-BAS POUR SE VENGER DES VIVAAAANTS...
NON ! IL EST REVENU POUR S'UNIR AU FANTÔME DE SON BEAU FRÈRE CADET !
MOOOOON
CE N'EST PAS UNE CULOTTE.
EUH, GRAND-PÈRE EST ENCORE VIVANT... QUANT À DIRE QU'IL EST BEAU...
JE REFUSE CES DEUX EXPLICATIONS !!
C'EST VRAI QUE NOTRE GRAND-ONCLE MASAKI ME RESSEMBLAIT BEAUCOUP.
MAIS CE N'EST PAS UNE PREUVE SUFFISANTE POUR LE MÊLER À UNE RIDICULE HISTOIRE DE REVENANT.
ÇA SUFFIT, CES BÊTISES !
OK...
ABOULE LA BIBINE !
TU VIS DANS TON MONDE, TOI !
SHAAAAH

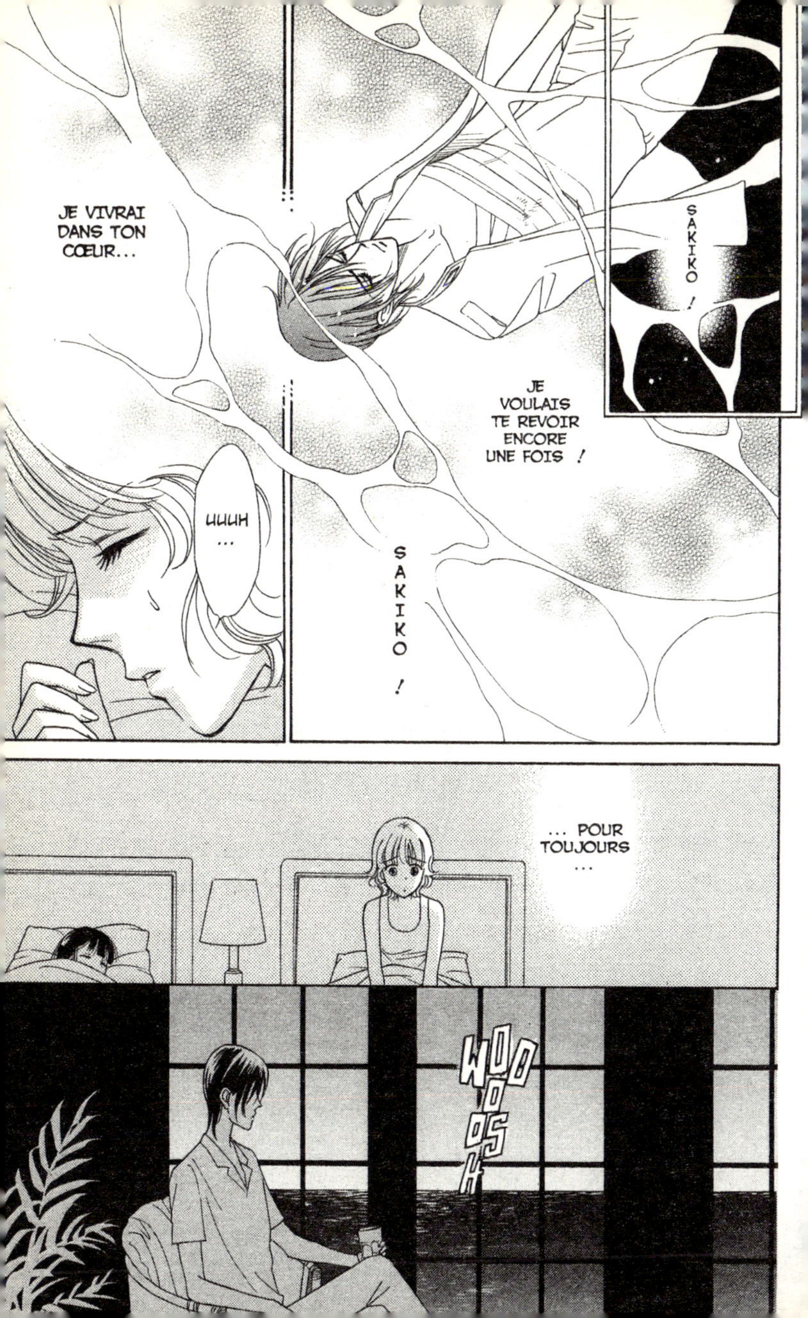
SAKIKO !
JE VOULAIS TE REVOIR ENCORE UNE FOIS !
SAKIKO !
JE VIVRAI DANS TON CŒUR...
UUUH ...
... POUR TOUJOURS ...
WOOOOSH

MLLE KINOSHITA ?
VOUS N'ARRIVEZ PAS À DORMIR ?
VOUS AVEZ FAIT UN CAUCHEMAR ?
APPROCHEZ !
...

VOUS PRENIEZ UN VERRE ?
JE N'ARRIVAIS PAS À DORMIR NON PLUS.
WUSH WUSH WUSH
PROFESSEUR !
COMMENT EST MORT VOTRE GRAND-ONCLE ?
IL EST MORT PENDANT LA GUERRE, DANS LE SUD, ALORS QU'IL AVAIT À PEU PRÈS MON ÂGE.
MON GRAND-ONCLE, QUI ÉTAIT CÉLIBATAIRE, AIMAIT BEAUCOUP CET ENDROIT.
IL Y A PASSÉ QUELQUE TEMPS JUSTE AVANT DE PARTIR AU FRONT.
D'APRÈS MON GRAND-PÈRE, MON GRAND-ONCLE AVAIT...
... UNE PETITE AMIE QUI VIVAIT ICI...
?!
COMMENT SAVEZ-VOUS ÇA ?

L'HOMME QUE J'AI VU TOUT À L'HEURE, JE SUIS SÛRE QUE C'ÉTAIT VOTRE GRAND-ONCLE.
IL VOULAIT TELLEMENT REVOIR SA BIEN-AIMÉE...
... QUE C'EST POUR ÇA QU'IL EST REVENU.
OUI...
... PEUT-ÊTRE BIEN.
...
QU'Y A-T-IL ? JE NE VOIS PAS POURQUOI ÇA VOUS MET DANS CET ÉTAT ?
ECCALADE !

IL VOULAIT SÛREMENT RESTER...
... AUPRÈS DE SON GRAND AMOUR POUR TOUJOURS...
PRENEZ UN VERRE AVEC MOI...

AH...
NH...

MH...

PROFES-
SEUR !
JE
VOUS
AIME !
JE
RESTERAI
AUPRÈS DE
VOUS...
...
TANT QUE
VOUS LE
VOUDREZ.

JE NE PARTIRAI PAS.
ÊTRE AVEC L'ÊTRE AIMÉ...
JE NE LAISSERAI JAMAIS ÉCHAPPER...
... CE BONHEUR SI DOUX.

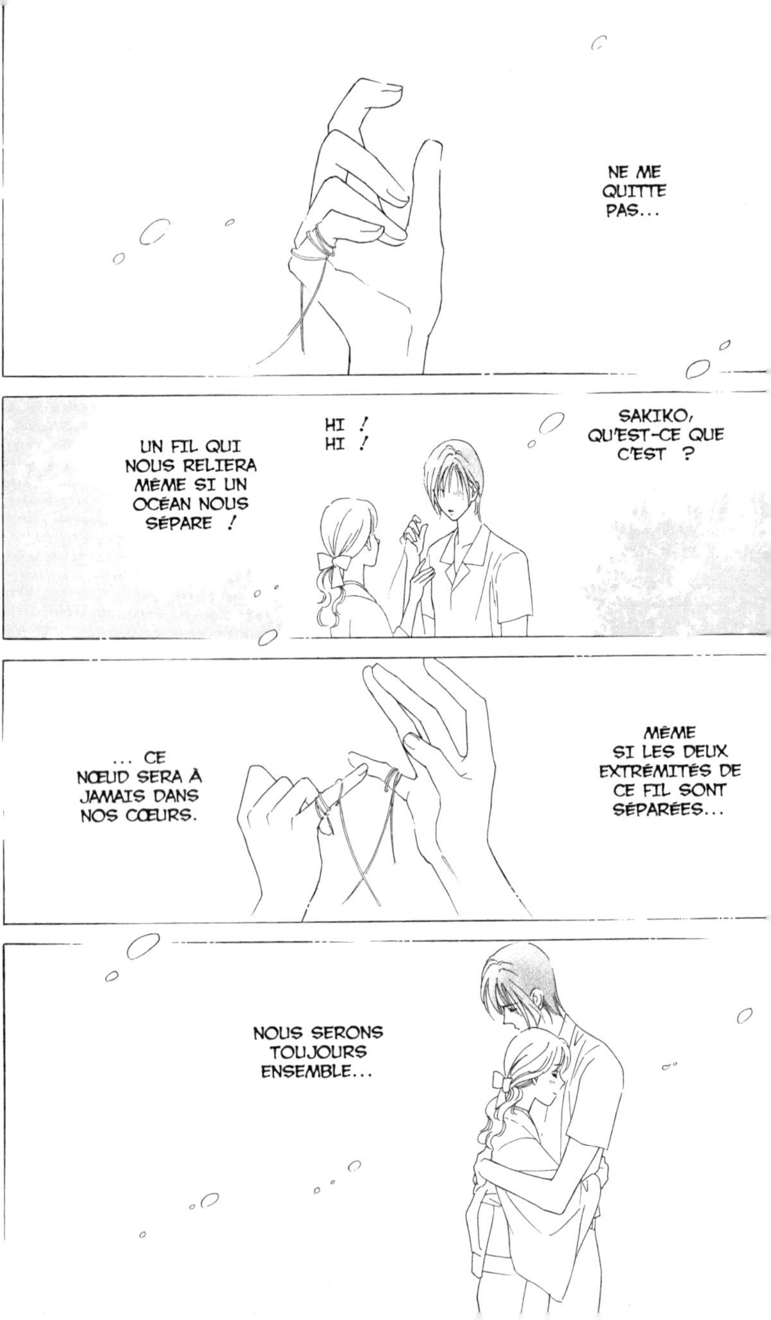
NE ME QUITTE PAS...
SAKIKO, QU'EST-CE QUE C'EST ?
HI ! HI !
UN FIL QUI NOUS RELIERA MÊME SI UN OCÉAN NOUS SÉPARE !
MÊME SI LES DEUX EXTRÉMITÉS DE CE FIL SONT SÉPARÉES...
... CE NŒUD SERA À JAMAIS DANS NOS CŒURS.
NOUS SERONS TOUJOURS ENSEMBLE...

TANT QUE CE NŒUD VIVRA DANS NOS DEUX CŒURS...
... NOUS RENAÎTRONS POUR L'ÉTERNITÉ.

BON SANG, ÇA M'ÉNERVE !
POURQUOI TU HURLES DE SI BON MATIN ?
SAKIKO A FILÉ DANS LA CHAMBRE DE MON FRANGIN !
T'AURAIS PU L'EN EMPÊCHER, FILLE SANS SOURCILS !
POURQUOI MOI ?
LE PROFESSEUR ET SAKIKO ONT L'AIR HEUREUX, TU POURRAIS ÊTRE CONTENT POUR EUX, QUEL GAMIN !
GRR !
POUR LES APPELS INTERNATIONAUX, IL FAUT FAIRE LE 00, NON ?
HEIN ?
OÙ EST-CE QUE TU TÉLÉPHONES ?
HUMPH !
BIP BIP
IL EST TEMPS DE RAPPELER À MON FRANGIN...

LEÇON N°11... LE NŒUD - FIN

AVANT LA CRÉATION D'AI SURU HITO - 7

DÉSOLÉE...

LEÇON N° 12...
N° 1 ET N° 2
2-A (36)
木下
JE DOIS RENDRE MES PLANCHES !!
SHORT...

SHOOOOOOOMM
OOOH !
HÉ ! REGARDE !
C'EST PAS VRAI ! JE L'AI DÉJÀ VUE EN COUVERTURE DE VOGUE !
C'EST JEANNE, LE TOP MODEL !
ELLE VISITE LE JAPON ?
PEUT-ÊTRE QU'ELLE VIENT TOURNER UNE PUB ?

Chifuyu
...
ATCHOUM !

ATCHA !
ATCHA !
...
JE GÈLE, MLLE KINOSHITA.
HEIN ?
OH, NON ! VOUS AVEZ PRIS FROID ?
JE N'ARRIVE TOUJOURS PAS À SAVOIR SI C'EST NATUREL CHEZ VOUS OU SI VOUS FAITES ÇA POUR ME TOURMENTER.

PROFESSEUR, IL VA BIENTÔT ÊTRE L'HEURE DE SE COUCHER.
J'AI LAVÉ VOTRE PYJAMA.
HUM !
JE PRENDS LA SALLE DE BAIN.
MLLE KINOSHITA ! NE VOUS SERVEZ PAS DE MON RASOIR POUR VOUS RASER LES AISSELLES !
ET VOUS N'AVEZ PAS HONTE DE FAIRE ÇA DEVANT LES GENS ?
J'Y PEUX RIEN S'IL RASE BIEN !
BZZZ
CES DERNIERS TEMPS, LE PR CHIFUYU VIENT DANS MA CHAMBRE TOUS LES JOURS À DIX HEURES.
C'EST DEVENU HABITUEL QU'IL PASSE LA NUIT CHEZ MOI.

NATURELLE-MENT, LE NOMBRE D'AFFAIRES QU'IL LAISSE CHEZ MOI A AUGMENTÉ.
C'EST PRESQUE COMME SI ON VIVAIT ENSEMBLE.
JE N'AI JAMAIS APPORTÉ ÇA ICI !!
SURTOUT UNE QUANTITÉ PAREILLE !
NE VOUS OCCUPEZ PAS DES PETITS DÉTAILS !
PR...
... VOUS M'AIMEZ ?

CE GENRE DE CHOSES …
TSK !
… ÇA NE SE DIT PAS À TOUT BOUT DE CHAMP !
HEIN ? RADIIIN !
PAS DU TOUT ! BONNE NUIT !
PROFESSEUR !
PROFES-SEUR ! ♡
KISS KISS
VOUS M'AIMEZ ?
KISS KISS
…
DITES… VOUS M'AIMEZ ?
KISS KISS
DITES ! DITES !
KISS KISS KISS

JE NE SAIS PAS... À VOTRE AVIS ?
PFF !
MODE ATTAQUE !!
SBAM
MIAOU ?
MÉCHANT ! JE VAIS METTRE VOTRE SLIP SUR MA TÊTE !
HÉ ! HÉ ! JE SUIS HABITUÉ, MAINTENANT !

BIEN ...
COMMENT FAIRE TAIRE CE BRUYANT PETIT CHAT ?
AH...
MH...
AH !

MH !
ANH !
PURR
PURR
AH !
MH !
MMH...
AH !!

NH !
AH ! ANH !
ANH !
PROFES... SEUR...
VOUS AVEZ FAIT DES PROGRÈS !
HUGI...
HUH...
ÉVIDEMMENT ! JE NE LÉSINE PAS SUR LES EFFORTS POUR CELLE QUE J'AIME !

HÉ !
HÉ ! HÉ ! HÉ !
ARRÊTEZ DE RIRE COMME ÇA PENDANT QUE NOUS FAISONS L'AMOUR...

* AU JAPON, ON UTILISE UN PETIT TAMPON ENCREUR À LA PLACE DE LA SIGNATURE.

UNE
BLONDE...

...!
Nooon ! Quel vilain chat boudin !!
NON ! NON ! TRÈS BIEN !
MYAH ! MYAH ! MYAH ! MYAH ! MYAH !
MLLE KINOSHITA ?
C'EST QUOI, CE RAFFUT ?
THUD
AW !

JEANNE ...
Chifuyu !

Ça fera deux ans qu'on ne s'est pas vus... Aurais-tu oublié mon visage, mon chifuyu ?
...
Jeanne ...
WAAH !!
Chifuyu ! Qu'est-ce que c'est que ce chat boudin ? Si tu voulais absolument un chat, tu aurais pu en prendre un mieux !
Jeanne, cette jeune femme est ma maîtresse.
C'EST LA NOUVELLE MODE CHEZ LES LIVREURS DE RECEVOIR UN BISOU AU LIEU D'UN TAMPON ?!
MLLE KINOSHITA, JEANNE EST MA FEMME.
HEIN ?

...
...
...
Non ! Non ! Non ! Si tu voulais une maîtresse, tu aurais au moins pu choisir un être humain, Chifuyu !
VOUS NE M'AVEZ JAMAIS DIT QUE VOTRE FEMME ÉTAIT LIVREUR !
RAAAH !!! JE NE SAIS PAS PAR OÙ COMMENCER LES EXPLICA-TIONS !!!

LA FEMME DU PR ...
JE ME DOUTAIS BIEN QU'UN JOUR J'AURAIS À LUI FAIRE FACE MAIS...
... PAS SI SOUDAI-NEMENT ...
EUH...
TENEZ ...
Merci ...
JE N'AURAIS JAMAIS IMAGINÉ QU'ELLE ÉTAIT SI BELLE ET FRANÇAISE ...

.. ET EN PLUS ...
SI VOUS ÊTES LIVREUR, C'EST QUE VOUS DEVEZ ÊTRE TRÈS COSTAUDE !
Chifuyu, dis-lui que je vais la mettre dans un colis réfrigéré rempli de glaçons et que j'irai la déposer aux services de santé publique.
MLLE KINOSHITA ! JEANNE EST TOP MODEL À PARIS!
TOP MODEL !!
Quand Natsuo m'a téléphoné, j'ai d'abord cru à une plaisanterie.
Mais il disait vrai... tu as une maîtresse et tu l'as installée ici !
Natsuo...? Je comprends mieux...
Tu es venue me reprocher mon infidélité ?
Je reconnais mes torts. Mais ne t'en prends pas à elle. Je suis l'unique responsable.

RATTLE
GULP
...!
L'AMBIANCE DEVIENT... ÉLECTRIQUE ...
LES... LES BAGARRES DANS UN COUPLE, C'EST PAS BEAU, MME JEANNE !
OK. ?
OK ?
...?
Chifuyu !!
WAAH!

SMOOTCH
Pardon ! Pardon, Chifuyu ! C'est ma faute ! Tout est de ma faute !!
PRO... PROFESSEUR ? QU'EST-CE QU'ELLE DIT ?
HUH... EUH...
C'est parce que j'ai donné la priorité à mon travail et que je suis partie vivre ailleurs que tu étais malheureux !
Tu étais si triste que tu es tombé assez bas pour toucher à un chat boudin stupide qui serait invendable même à moitié prix et resterait en plan à la boutique d'animaux !!
C'EST UN PEU ÉNERVANT, QUAND MÊME... QU'EST-CE QU'ELLE DIT ?
UUH... EUH... AHEM...

Je vais revenir vivre au Japon ! Je ne te rendrai plus malheureux, mon amour !!
JE N'AI RIEN COMPRIS DE CE QU'ELLE A DIT...
... MAIS JE SAVAIS BIEN QUE ÇA NE PRÉSAGEAIT RIEN DE BON POUR MOI... POURTANT, JE N'ÉTAIS PAS VRAIMENT PESSIMISTE.
CAR MON PROFESSEUR M'AIMAIT !

BLINK
BLINK
IL EST DÉJÀ ONZE HEURES !
QUE FAIT MON BEAU PROFESSEUR ?
GRUNT
GRUNT
KLICK
KLACK
TSHACK
! PROFESSEUR !! ♡
YO !
ÇA FAIT UN BAIL !

ADIEU ! LA SORTIE C'EST PAR LÀ, NATSUO-BOO !
T'ES TROP MÉCHAAANTE !!
SEL POUR CHASSER LES MAUVAIS ESPRITS.
COMME ÇA, TU AS CAFETÉ SUR MOI ? T'AS TOUT DIT À JEANNE ?
☆
ELLE AURAIT BIEN FINI PAR L'APPRENDRE !
PAR CONTRE, JE VAIS DEVOIR CRÉCHER CHEZ TOI PENDANT QUELQUES JOURS.
HEIN ?
FLOP
JEANNE EST CHEZ NOUS, TU COMPRENDS ? MON FRÈRE ET ELLE N'ARRÊTENT PAS DE SE PAPOUILLER, ALORS J'EN AI MARRE.
...

SAKIKO !!
WUUSH
...
TU N'AS PAS ENVIE DE VOIR ÇA, CROIS-MOI...
402
PROFES-SEUR !!
Tiens, Miss Chat Boudin !

PRO... PROFESSEUR... Q-Q-QU'EST-CE QUE VOUS FAITES ? BU... BU... BU...
HUM... JEANNE REFUSE DE PRENDRE UN BAIN S'IL N'Y A PAS DE BULLES.
ARGH!
CE N'EST PAS DE ÇA QUE JE PARLE ! POURQUOI VOUS PRENEZ UN BAIN MOUSSANT AVEC MME JEANNE ?!
C'EST PAS CE QUE JE VOULAIS DIRE MYAAAH !
MYAH!
OUI ! LÀ ! LÀ !
Je vais te laver ! Ho ! Ho ! Tu seras un peu moins moche !
SAVON DE LUXE
SBLUB
BLUB BLUB

Miss Chat Boudin, tu ne veux pas aller faire un tour à la pharmacie pour nous acheter des préservatifs, ♡ s'il te plaît ? ♡
DE KWAAA ?!
À LA RECHERCHE DE LA QUIÉ-TUDE PERDUE
PROFESSEUR ! C'EST TROP CRUEL ! J'AVAIS PRÉPARÉ UN BAIN ET CHANGÉ LES DRAPS POUR VOTRE VENUE...
... ET VOUS RESTEZ TOUT LE TEMPS COLLÉ À MME JEANNE !
MLLE KINOSHITA ...

JE SUIS UN HOMME MARIÉ.
LORSQUE MA FEMME EST LÀ, MON DEVOIR EST DE LA FAIRE PASSER EN PREMIER.
VOUS COMPRE-NEZ ?
C'EST ...
MAIS ...
MAIS ...

De quoi vous parlez, Chifuyu ?
Jeanne... De rien...
Je t'aime, Chifuyu !
Je vais me rattraper pour tout ce temps où je n'ai pas été une bonne épouse.
Chifuyu ...

JEANNE EST SA FEMME...
... ET JE SUIS SA MAÎTRESSE.
POUR LE PROFESSEUR, SA FEMME EST LE NUMÉRO UN.
ET SA MAÎTRESSE NE VIENT QU'APRÈS.
C'ÉTAIT DONC ÇA, ÊTRE UNE MAÎTRESSE ...

Miss Chat Boudin, désolée mais au revoir !
C'est l'heure de nous laisser entre mari et femme. ♡
PROFESSEUR ...

CLAC
AAH...
JE T'AVAIS BIEN DIT QUE CE N'ÉTAIT PAS UN SPECTACLE POUR TOI !
TU CONNAIS LE CARACTÈRE DE MON FRANGIN. IL EST INCAPABLE DE COURIR DEUX LIÈVRES À LA FOIS.
TANT QUE SA FEMME SERA LÀ, IL NE TE TOUCHERA PAS.

SMILE
TU ES TRISTE ?
JE VAIS TE REMONTER LE MORAL ! ALLEZ !
SLASH
DOWAH !
IDIOT! IDIOT ! C'EST DE TA FAUTE, NATSUO !
FSSSH
SCRATCH SCRATCH SCRATCH
ARRÊÊÊTE ! MON VISAGE EST CE QUE J'AI DE PLUS PRÉCIEUX APRÈS MON ZIZIII !!

JE ME RAPPELLE QUAND MAMAN UTILISAIT L'EXPRESSION "N° 2"...
ÇA VEUT DIRE QU'ON N'EST QUE DEUXIÈME DANS L'ORDRE DES PRIORITÉS DE CELUI QU'ON AIME.
JE NE SUIS QUE LE N° 2.
JE NE DEVIENDRAI JAMAIS LE N° 1.
LEÇON N° 12... N° 1 ET N° 2 - FIN

AVANT LA CRÉATION D'AI SURU HITO - 8

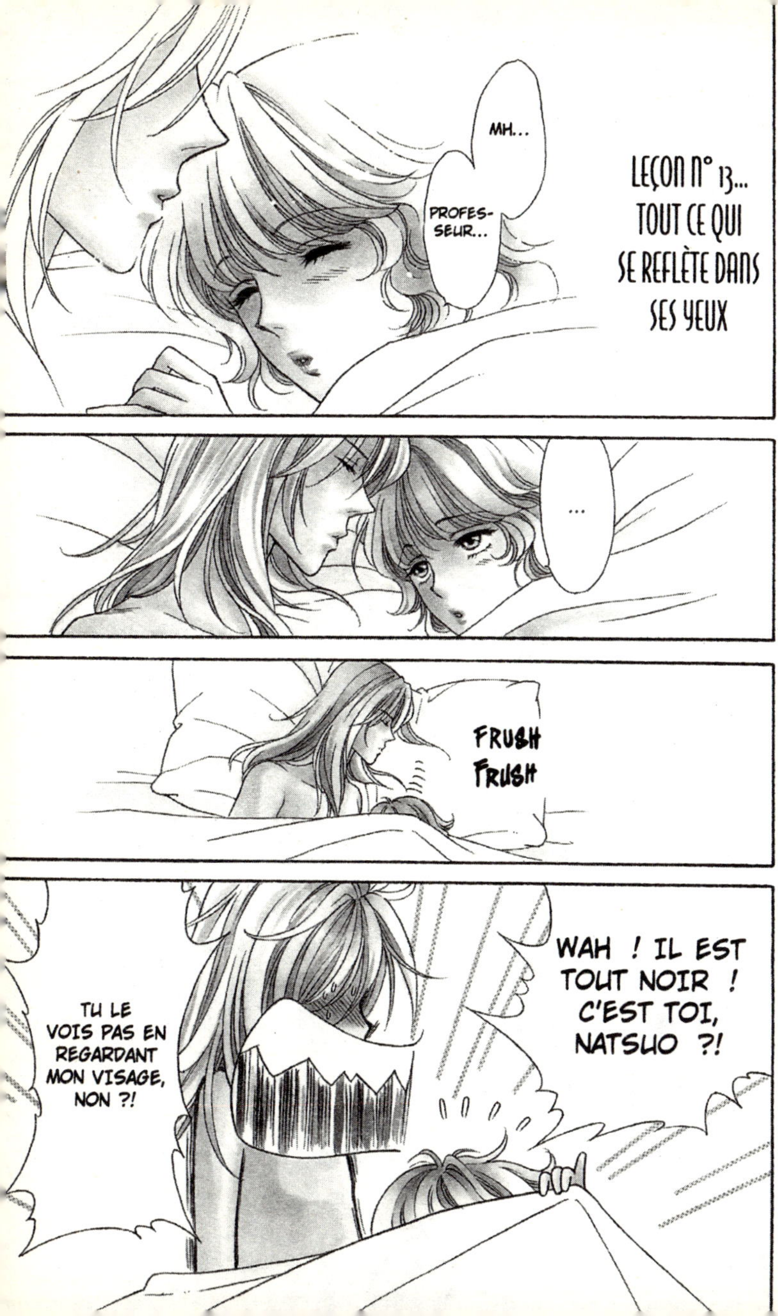
LEÇON N° 13... TOUT CE QUI SE REFLÈTE DANS SES YEUX
MH...
PROFES-SEUR...
...
FRUSH FRUSH
WAH ! IL EST TOUT NOIR ! C'EST TOI, NATSUO ?!
TU LE VOIS PAS EN REGARDANT MON VISAGE, NON ?!

LEÇON N° 13...
TOUT CE QUI SE REFLÈTE DANS SES YEUX

C'EST PAS VRAI ! JE T'AVAIS POURTANT DIT DE DORMIR SUR LE CANAPÉ ! POUR QUI TU TE PRENDS, SQUATTEUR ?
AH ! TU M'AS DONNÉ UN COUP DE PIED ?! JE RÊVE !
J'TE JURE, ON PEUT PAS BAISSER SA GARDE UNE SECONDE !
FROT FROT
T'ES FROIDE AVEC MOI, ON EST POURTANT INTIMES MAINTENANT QU'ON A VU NOS TROUGNOUGNOUS RESPECTIFS, NON ?
FRUSH FRUSH
HUMPH!
MON PROFESSEUR SE FÂCHE QUAND JE COUCHE AVEC TOI.
ÇA NE SERT À RIEN DE MONTRER QUE TU ES FIDÈLE DEVANT MON FRANGIN.
JE T'AI DÉJÀ DIT QUE TANT QUE JEANNE SERA LÀ, IL NE S'OCCUPERA PAS DE TOI.

...
SAKIKO ...
ABANDONNE... OUBLIE MON FRANGIN.
...
SSSSHH
RAAH, J'AI ENVIE DE PIONCER
GRATCH GRATCH
SQUATTEUR, J'AI LA DALLE. ET N'OUBLIE PAS DE SORTIR LES ORDURES !
MAIS RÉVEILLE-TOI!
Zzzzz

OCCUPE-TOI DE MES CHEVEUX ET DE MON VISAGE POUR QUE JE SOIS BELLE !
DIS DONC !
TU ES PLUS DOUÉ QUE MOI ! ♡
HÉ HÉ !
DEPUIS QUE JEANNE, LA FEMME DE MON PROFESSEUR, EST ARRIVÉE, MA VIE A CHANGÉ.
LE PR CHIFUYU PASSE TOUT SON TEMPS AVEC ELLE.
IL NE ME TRAITE PAS COMME UNE VOISINE ET ENCORE MOINS COMME SA MAÎTRESSE.
J'SUIS BELLE ? J'SUIS BELLE ? LE PR VA EN TOMBER À LA RENVERSE ?
MAIS...

... JE NE SUIS PAS DU GENRE À ABANDONNER SI FACILEMENT !
DING DONG
BONJOUR, PROFES-SEUR!
Tiens, Miss Chat Boudin !
...
SI TU RECULES PLUS LOIN, TU VAS TE RETROUVER DEHORS.
?
NATSUO ! FAIS-MOI LE MAQUILLAGE D'UN SUPER TOP MODEL FRANÇAIS! PARCE QUE JE LE VAUX BIEN !
T'ES PAS DE LA MÊME RACE, T'ES DÉJÀ MÊME PAS DE LA MÊME ESPÈCE...
FSSHHH

Qu'est-ce qui se passe ici ?
Chifuyu !
PROFES-SEUR !
Jeanne, il est l'heure d'y aller.
OÙ VOUS ALLEZ ?

UN PETIT SÉJOUR A ÉTÉ ORGANISÉ POUR CÉLÉBRER LA PUBLICATION DU DERNIER ARTICLE COLLECTIF AUQUEL J'AI PARTICIPÉ.
JE N'AI PAS COURS AUJOURD'HUI NI DEMAIN.
VOICI L'ADRESSE DE NOTRE HÔTEL.
宿泊先
TEL
0XXX-XX-XXXX
WAH ! EMMENEZ-MOI !
MYAH!
DÉSOLÉ, MAIS C'EST UN VOYAGE DE COUPLE.
MYAH !
TU VOIS !
ON VA À LA FAC ? ON A COURS CET APRÈS-MIDI, NON ? ON N'A QU'À ALLER DÉJEUNER QUELQUE PART AVANT ...

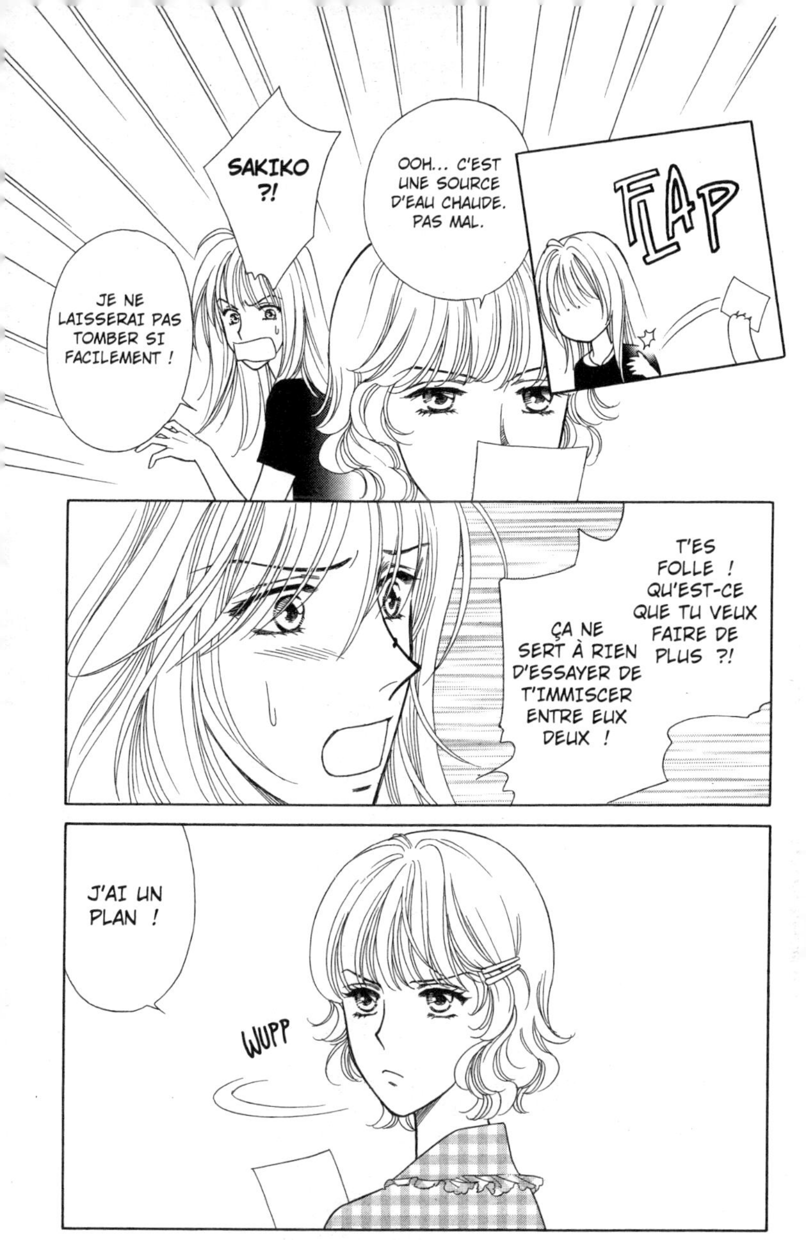
SAKIKO ?!
OOH... C'EST UNE SOURCE D'EAU CHAUDE. PAS MAL.
FLAP
JE NE LAISSERAI PAS TOMBER SI FACILEMENT !
T'ES FOLLE ! QU'EST-CE QUE TU VEUX FAIRE DE PLUS ?!
ÇA NE SERT À RIEN D'ESSAYER DE T'IMMISCER ENTRE EUX DEUX !
J'AI UN PLAN !
WUPP

HEIN ...?
GWAH
SA FEMME EST PEUT-ÊTRE LÀ MAIS JE N'EN RESTE PAS MOINS LA MAÎTRESSE DU PR CHIFUYU !
MÊME SI LA LOGIQUE VEUT QU'IL S'OCCUPE D'ELLE...
... SI JE TITILLE SON INSTINCT ANIMAL, IL REVIENDRA VERS MOI EN QUATRIÈME VITESSE !
はこね

BIENVENUE, MONSIEUR ET MADAME TAKASHO.

Je suis fatiguée... C'est ta fête et pourtant, c'est moi qui passe mon temps à signer des autographes !
C'est vrai...
C'EST JEANNE, LE TOP MODEL !
Avoue que tu aurais voulu amener Miss Chat Boudin !
Qu'est-ce qui te fait dire ça ?
On est toujours inquiet quand on quitte la maison en y laissant son animal de compagnie tout seul.
C'est plutôt le maître qui a un problème.

Chifuyu . . . ?
PAR ICI, S'IL VOUS PLAÎT. VOS AMIS VOUS ATTENDENT DÉJÀ.
NOS AMIS ?
BON-JOOOUR ! ♡
OH !
VIVE LA RIPAILLE !
M-M-MLLE KINOSHITA ! NATSUO ! Q-QU'EST-CE QUE VOUS FAITES LÀ ?!
MUNCH MUNCH
ILS NOUS ONT LAISSÉ ENTRER QUAND ON LEUR A DIT QU'ON ÉTAIT DE LA FAMILLE. C'EST TROP BON LA NOURRITURE, ICI !
JE VOUS AI POURTANT DIT QUE C'ÉTAIT UN VOYAGE DE COUPLE !

JE SUIS VENUE POUR PASSER UN WEEK-END AVEC NATSUO.
JE NE VOUS EMBÊTERAI PAS, RASSUREZ-VOUS !
!
Quoi ? Natsuo et Miss Chat Boudin ont une liaison ? Oh ! Oh !
...

FAITES COMME VOUS VOULEZ ! JE VAIS AUX BAINS.
OK ! J'AI FAIT RÉSERVER LE BAIN MIXTE POUR NOUS ! ♡
... QUOI ?
DONG
SOURCE D'EAU CHAUDE = VERTUS THÉRAPEUTIQUES
TÉTÉS À L'AIR !
LE FRANGIN EST VRAIMENT EN PÉTARD ! T'AURAIS PAS DÛ FAIRE ÇA !
ÇA NE SUFFIRA PAS POUR LE FAIRE MOURIR DE JALOUSIE !

?
COMBIEN DE TEMPS CROIS-TU QU'IL ARRIVERA À GARDER SON CALME...
... S'IL NOUS VOIT FLIRTER ENSEMBLE ET NOUS PAPOUILLER ?
ESPÈCE DE... JE SUIS LE DINDON DE LA FARCE, C'EST ÇA ?!
LAVE-MOI LE DOS, NATSUOOO ! ♡
FROT FROT
ÇA SUFFIT !

* JEANNE FAIT ALLUSION À DES BAINS PUBLICS TRÈS PARTICULIERS... OÙ TRAVAILLENT DES PROSTITUÉES...

NE T'INQUIÈTE PAS, IL PARAÎT QUE CES SOURCES D'EAU CHAUDE ONT UN BEL EFFET ÉCLAIRCISSANT POUR LA PEAU ! ♡
MERCI ! C'EST GENTIL DE ME LE FRICTIONNER !
Oh ! Chifuyu ! Ton petit club de golfe est tout triste et blanc !
Où est-ce que tu as appris ces mots de japonais ?!
OUIN ! À CAUSE DE TOI, IL N'Y A QU'EUX QUI S'AMUSENT !
C'EST PAS MA FAUTE ! ET PUIS J'PEUX T'ASSURER QU'ILS S'AMUSENT PAS !!
SPLASH

JEANNE ?!
ELLE A DÛ AVOIR TROP CHAUD.
ET ELLE A BEAUCOUP BU PENDANT LE DÎNER ...
NATSUO ! VA CHERCHER UN DES RESPONSABLES ! ET UNE SERVIETTE DE BAIN AUSSI !
OK !
EST-CE QUE... JE PEUX FAIRE QUELQUE CHOSE ?

TU VEUX QUE JE TE LAVE LE DOS ?
ÇA NE SERT À RIEN PUISQUE LE PROFESSEUR N'EST PLUS LÀ POUR LE VOIR.
D'ACCORD...
JE SUIS DÉSOLÉE DE T'AVOIR ENTRAÎNÉ LÀ-DEDANS.
QU'EST-CE QUI TE PREND, TOUT À COUP ?
JE ME DISAIS SEULEMENT QUE TU AVAIS VRAIMENT FAIT BEAUCOUP POUR MOI.
JE SUIS BIEN D'ACCORD ! C'EST PAR AMOUR, J'Y PEUX RIEN.

HÉ ! HÉ !

NA-NA-NATSUO ? TU TU TU M-M-M...
... M'AI M'AI M'AI...
... M'MAAAAAIMES ?!
HEEEEEIN ?!
ELLE S'EN REND ENFIN COMPTE AU CHAPITRE TREIZE ET EN PLUS, IL LUI FAUT UNE PAGE ENTIÈRE. PFF !

...
JE NE COURRAIS PAS AUTANT APRÈS UNE FEMME SI JE NE L'AIMAIS PAS.
FLAP FLAP
COMMENT VOULAIS-TU QUE JE DEVINE ?!
T'AS PLEIN DE COPINES ! DES TROUPEAUX ENTIERS !
ET ME RACONTE PAS DE BOBARDS !
PANIQUE !
IDIOTE ! NE FAIS PAS CETTE TÊTE.
JE SAIS TRÈS BIEN VERS QUI VONT TES SENTIMENTS.
FRUSH

NATSUO...
... M'AIME...

HEIN ?
VOUS RENTREZ ?
SALLE DU MOMENT
OUI.
JEANNE SE SENT MIEUX.
SI ON PART MAINTENANT EN VOITURE, ON POURRA ARRIVER À TOKYO AVANT LA NUIT. ALLEZ VOUS PRÉPARER.
VOUS COMPTEZ SÉCHER LES COURS DEMAIN ?
TROP GALÈRE !
ON A ENCORE LE TEMPS, NON ?
ON VEUT PASSER LA NUIT ICI, PAS VRAI, SAKIKO ?
GWIP
NATSUO...
Pourquoi Miss Chat Boudin et Natsuo ne resteraient pas ici cette nuit ?

J'AI DIT : ON RENTRE !
JE RESTE ICI AVEC NATSUO.
VOUS N'AVEZ QU'À RENTRER SANS NOUS.

MÊME SI JE VOUS DEMANDE DE VENIR AVEC NOUS ?
JE RESTE ICI AVEC NATSUO.

TRÈS BIEN.
FAITES COMME VOUS VOULEZ.

T'ES ALLÉE TROP LOIN ! S'ILS RENTRENT SANS NOUS, ON EST MAL !
ÇA SUFFIT !
ÇA SUFFIT !
MÊME SI JE ME MAQUILLE, MÊME SI JE FLIRTE AVEC TOI...
... LE PR NE ME REGARDE MÊME PAS.
ÇA SUFFIT !

JE PRÉFÈRE RESTER ...
... AVEC TOI.

APRÈS CE QUE TU VIENS DE DIRE...
... JE NE ME RETIRERAI PLUS DU JEU, TU LE COMPRENDS ?
JE PRÉFÈRE RESTER...
... AVEC NATSUO.
LEÇON N° 13... TOUT CE QUI SE REFLÈTE DANS SES YEUX - FIN -

AVANT LA CRÉATION D'AI SURU HITO - 9

LEÇON N° 14...

DÉCLARATION DE RÉVOCATION

LE PREMIER JOUR DE MON ENTRÉE À L'UNIVERSITÉ, LES CERISIERS ÉTAIENT EN FLEUR.
C'EST LA PREMIÈRE FOIS QUE JE L'AI RENCONTRÉ.

ET
DEPUIS CET
INSTANT-
LÀ...
... JE
L'AI AIMÉ...
... JUSQU'À
AUJOURD'HUI...
TU
PENSES
À MON
FRANGIN ?

PAS DU TOUT !
IL N'EXISTE PLUS POUR MOI.
NE TE FORCE PAS !
JE SAIS BIEN QUE TU NE L'OUBLIERAS PAS SI FACILEMENT.
RENTRONS !

ON NE LE FAIT PAS ?
C'EST PAS LA PEINE DE TE FORCER, JE TE DIS…
ON NE LE FAIT PAS ?
PAS… PAS LA PEINE…
GRAB
… DE TE FORCER …
FLOP
… JE TE DIS !
FLOP
NOOOOOOOOON !!
PITIÉ ! ÉCOUTE-MOI, SAKIKO !!

QUOI ? C'EST UN PEU TARD ...
NON ...
EUH...
BAH ...
LES FEMMES DE CHAMBRE N'ONT PAS ENCORE INSTALLÉ LES FUTONS !
SBAM
QUAND ?
METTRE TOUTE SON ÂME DANS SA DAGUE

OUPS ! C'EST PAS DE CHANCE, J'AI PAS DE PRÉSERVATIF !
POF !
C'EST QUOI, LE PROBLÈME AVEC LES PRÉSERVA-TIFS ?
C'EST VRAIMENT PAS DE VEINE, J'AI PAS NON PLUS DE SLIP DE GUERRE !
J'AI TOUT PRÉVU AU CAS OÙ...
KYAAH ! JE SUIS CONFUS ! ♡
Y A RIEN DE CONFUS ! MAINTENANT QU'ON EST LÀ, C'EST TROP TARD, À MOINS QUE TON BOUT DE ZIZI TOUT NOIR SOIT JUSTE UNE DÉCORATION ?!
AH ! NON ! ARRÊÊTE !
SAKIKO !!

TU ES JUSTE EN COLÈRE ET DÉSESPÉRÉE.
C'EST CRUEL POUR MOI.
PA...
PARDON.
NATSUO...
... TU ES TOUJOURS GENTIL AVEC MOI...
... ET J'EN SUIS ARRIVÉE À LE PRENDRE POUR ARGENT COMPTANT...

MÊME SI C'EST PAR COLÈRE...
... JE SUIS HEUREUX ...
... QUE TU M'AIES CHOISI.

TON ZIZI EST AU GARDE À VOUS.
POURQUOI FAUT TOUJOURS QUE TU FASSES ÇA ?!
ÇA VA, J'AI COMPRIS ! JE VAIS TE LE METTRE !
AAAH !
SWOOP
WUP WUP

JE T'AIME...
... SAKIKO !
LES DOUX CHEVEUX DE NATSUO...
... ME CARESSENT LA PEAU...

MON CŒUR SE SERRE...
NATSUO EST SI GENTIL...

NOS PEAUX QUI SE TOUCHENT ONT LA MÊME TEMPÉRATURE ...
NOS SOUFFLES MÊLÉS DEVIENNENT BRÛLANTS...
NATSUO !
NATSU ...
JE VEUX TOUT OUBLIER.

JE VAIS EFFACER DE MA MÉMOIRE ...
... LA CHALEUR DE CETTE MAIN QUI M'A CARESSÉ LA JOUE...
... AUSSI DOUCE ET APAISANTE QUE DES PÉTALES DE CERISIER.

TAP
TAP
UN CHAT ...?
TAP
TAP
TAP
HUM ? C'ÉTAIT UN ÊTRE HUMAIN ?
TAP
TAP
TAP

OUF !
WOOP
...
OH !
THUD
WAAH ! VOUS M'AVEZ FAIT PEEEUR !!
DIITES !
VOUS VOUS ÊTES PERDUE EN CHERCHANT LA SALLE OÙ A LIEU LA CÉRÉMONIE DE RENTRÉE DES CLASSES ?
VOUS ÊTES UNE NOUVELLE ÉTUDIANTE ? LA CÉRÉMONIE A DÉJÀ COMMENCÉ, VOUS SAVEZ ?
VOUS AVEZ EU UNE PANNE D'OREILLER ?

DÈS LE PREMIER JOUR, ÇA NE FAIT PAS SÉRIEUX !
...
ESSUYEZ-VOUS LE VISAGE, VOUS ÊTES TOUTE SALE !
ICI ! ET ICI !
FRUSH
FRUSH

HÉ !
HÉ !
MERCI !

CHIP
CHIP
Chifuyu ?
Tu n'as pas réussi à dormir ?

FLAP
Tu es impossible ! C'est complètement enfumé !
Qu'est-ce que tu prendras pour le petit déjeuner ? Café noir ou au lait ?
Jeanne, il faut qu'on parle.
Non !
Je sais ce que tu vas me dire.
La réponse est non !

Ah bon...
Alors ce n'est pas toi qui as mangé mon flan.
Pourtant, il a disparu du réfrigérateur... qui peut bien l'avoir volé ?
Désolée ! C'est moi qui ai mangé ton petit flan !
Tu es bizarre depuis quelques jours...
... alors j'ai eu peur que tu te mettes à parler de divorce !
Jeanne, divorçons.

Je veux divorcer.
HUFF! HUFF!

AT... ATTENDS-MOI!
HUFF! HUFF!
POURQUOI TU TE TRAÎNES COMME ÇA ?
C'EST NORMAL, HIER TU M'AS...
BLUSH
TU VEUX BIEN QU'ON PASSE CHEZ LE PR AVANT ?
AAAH... TU M'AS TELLEMENT RAMONÉE QUE JE DOIS AVOIR LA FOUFOUNE TOUTE NOIRE, MAINTENANT !
TU POURRAS EN PARLER TANT QUE TU VOUDRAS QUAND ON SERA À LA MAISON!

KLICK
KLICK
JE DOIS …
… LUI DIRE ADIEU.
TSHACK
KAPOW
Tu veux divorcer ?!
Chifuyu !
Tu parles sérieusement ?!

GWIP
AH !
C'est ta faute ! C'est à cause de toi que Chifuyu veut me quitter !
Sale chat voleur ! Dis quelque chose !!

Hurler dessus ou jouer avec, faut choisir...
Voilà ce que je fais aux vilains chats boudins, moi !
ELLE ADORE LES CHATS.
SWIISH
SWIISH
MYAH!
MYAH!
Jeanne !
C'EST SÉRIEUX, FRANGIN ? VOUS ALLEZ DIVORCER ?
POUSSE-TOI LE CHAT !

DIVORCER ?!
Je ne veux pas !!
Je sais bien qu'on vit pratiquement séparés depuis notre mariage, il y a cinq ans mais...
... je n'aime que toi, Chifuyu !
Jeanne !
Il paraît que tu vis avec un autre homme, en France.

Oh ! Tu étais au courant ? J'ai quatre autres amants et trois chats !
FRUSH
HEIN?!
Je ne peux pas imaginer vivre sans amant !
Tu me comprends ? c'est bien pour ça que tu as Chat Boudin, non ?
AH ! PAS LÀ ! ÇA ME REND TOUTE CHOSE !
POUR MOI, LE MARIAGE EST UN CONTRAT SÉRIEUX.
UNE BELLE ÉPOUSE, UN STATUT SOCIAL...
... UNE VIE PASSÉE À ÉTUDIER...
IL PARLE EN JAPONAIS !
C'ÉTAIT LE CONTRAT QUI M'ÉTAIT PROMIS EN ÉCHANGE D'UN MINIMUM DE DEVOIRS À REMPLIR.
JE NE SUIS QU'UN LÂCHE.
J'AI NOURRI CE SENTIMENT SANS AVOIR LE COURAGE DE BRISER MON CONTRAT.

JE VEUX PARLER DE MON DÉSIR DE VOUS AIMER ET D'ÊTRE AIMÉ DE VOUS.
SWUP

IL NE S'AGIT PAS DES "JE VOUS AIME" QUI N'ÉTAIENT JUSQUE-LÀ QUE DES MOTS.
JE VEUX VOUS OFFRIR MON CŒUR SANS RESTRICTION, ET POUR CELA…
… JE VAIS ME DÉBARRASSER DE TOUT CE QUI L'EMPRISONNE.

Jeanne... pardon.
PROFESSEUR...
VOUS ALLEZ VRAIMENT...
...DIVORCER...?
OUI.

PROFES-
SEUR...!
HUH?!
AH!
JE... J'AI DÉCIDÉ DE VOUS DIRE ADIEU !
N-NON !
IL... IL EST TROP TARD !

AH !
ELLE... ELLE A RAISON, FRANGIN ! SAKIKO M'A CHOISI !
PARFAITEMENT ! JE VAIS RESTER AVEC NATSUO JUSQU'À CE QUE MA FOUFOUNE SOIT AUSSI NOIRE QUE...
T'AS PAS D'AUTRE FAÇON DE DIRE ÇA ?
AH ?
TRÈS BIEN, ÇA NE ME DÉRANGE PAS.
HEIN ...?
IL SUFFIT JUSTE QUE JE REGAGNE VOTRE CŒUR !

HEIN ?
QUOI ?
À PARTIR DE CE JOUR, JE RÉVOQUE LE STATUT DE "MAÎTRESSE" DE SAKIKO KINOSHITA !
AUTREMENT DIT...

LEÇON N° 14... DÉCLARATION DE RÉVOCATION – FIN

AVANT LA CRÉATION D'AI SURU HITO - 10

INFO DU JOUR SUR LA NOURRITURE DES AMÉRICAINS : UN COUTEAU QUI NE PEUT PAS COUPER DE TUBE NI DE TAPIS NE SERT À RIEN. C'EST BIEN LE PAYS DE LA JUSTICE !

IL PARAÎT QU'ILS SE SONT INSPIRÉS DES SABRES JAPONAIS POUR INVENTER ÇA. LE COUTEAU FATAL !

LEÇON N° 15...

AMOUR, SENTIMENTS, DÉLICATESSE ET VENT D'AUTOMNE

SAKIKO ! LEQUEL DE CES DEUX HOMMES AS-TU FAIT TOMBER DANS L'ÉTANG ? LE FRÈRE AÎNÉ D'OR OU LE FRÈRE CADET D'ARGENT ?
LE FRÈRE AÎNÉ D'OR OU LE FRÈRE CADET D'ARGENT ?

OUI, LEQUEL DES DEUX FRÈRES AS-TU FAIT TOMBER ? LE FRÈRE AÎNÉ D'OR OU LE FRÈRE CADET D'ARGENT ?
EUH... EUH.. OR.. NON, ARGENT... NON... EUH...
TROP TARD ! LE TEMPS EST ÉCOULÉ ! ADIEU !
ZZZUUM
HEIN ? C'EST PAS VRAI ?!
BOOOH! BOOOH!
CHIP CHIP
JE NE CONNAIS QUE TROP LA RAISON POUR LAQUELLE J'AI FAIT CE RÊVE IDIOT.

AAH...
TU N'AS PAS PU ENTRER DANS LA CHAMBRE DE MLLE KINOSHITA ?
NON ! ELLE A RAJOUTÉ UNE SERRURE !
JE NE PEUX PLUS UTILISER MON DOUBLE POUR RENTRER !
ET ALORS ?

T'ES LE PROPRIÉTAIRE, NON ?
VA LUI DEMANDER LA NOUVELLE CLÉ !
JE VOIS.
TOI AUSSI, ELLE REFUSE DE TE VOIR ?
EUH...
ALORS ELLE...
TOI NON PLUS ?
ELLE NE VIENT PLUS NON PLUS À L'UNIVERSITÉ.
POURQUOI EST-CE QU'ELLE SE TERRE COMME ÇA ?
...

HUM !
JE DOIS Y ALLER.
OÙ ÇA ?
OH !
C'EST VRAI, C'EST AUJOURD'HUI QUE JEANNE REPART.
OUI.
JE DOIS PASSER RÉCUPÉRER ...
... L'ACTE DE DIVORCE QUE JE LUI AI DONNÉ.
新東京国際空港
Narita Terminal 1
NORTH

Tu refuses de divorcer ?!
Oui !
HA! HA!
...
HUH?!
Professionnellement, c'est beaucoup plus pratique pour moi d'être mariée !
On me fait confiance et comme tous les hommes savent que ce n'est qu'une passade, je peux m'amuser tant que je veux.
HO ! HO ! HO ! HO !
ARGH !
JEANNE ?!
Jeaaanne ...

Traduis donc ça à Miss Chat Boudin.
Hein ?
...
Ne t'inquiète pas, tu l'auras bientôt ton divorce !
Encore un peu de patience ...
MLLE KINOSHITA ?!
...
EUH... J'AI APPORTÉ UN CADEAU D'ADIEU À MME JEANNE ...
東京名物

Je suis si triste de devoir me séparer de ce pitoyable petit chat tout moche...
OUI ! ICI ! ICI !
ELLE LA CHOUCHOUTE OU ELLE SE PAIE SA TÊTE ?
Tu as brisé notre couple.
Nous nous sommes rencontrés à Singapour.
Et nous nous sommes mariés parce que nous savions que nous ne serions pas un poids l'un pour l'autre.
Chifuyu, je veux me venger sur elle, alors traduis-lui !
Jeanne ...
Chifuyu refuse de l'admettre mais...
... je crois vraiment qu'au début, c'était de l'amour.

Il faut beaucoup d'énergie pour faire durer l'amour.
Tu sais ?
...
Enfin, dans le cas de Chifuyu, c'est son entrain sexuel qui ne dure pas.
LE TRUC, C'EST DE LUI REFROIDIR LES COUCOUGNETTES.
Y A QUE DE ÇA QUE VOUS ARRIVEZ À PARLER SANS TRADUCTION ?!

WHOOOM
VENEZ !
JE VOUS RECONDUIS.
OH ?
NON, JE RENTRE EN TRAIN !
VENEZ !

IL PARAÎT QUE VOUS AVEZ CHANGÉ LA SERRURE DE VOTRE APPARTEMENT.
TOUTES LES NUITS, LE FRÈRE AÎNÉ D'OR ET LE FRÈRE CADET D'ARGENT TOMBENT DANS L'ÉTANG !
PARDON...?
TU TUMP
VOUS NE VOULEZ DONC PLUS NOUS VOIR ...

VOUS NE SAVEZ PAS COMMENT RÉAGIR AUX DÉCLARATIONS D'AMOUR SIMULTANÉES DE NATSUO ET MOI...
... C'EST ÇA ?
...
OUI ...
JEANNE N'EST PLUS LÀ.
POURQUOI NE PAS FAIRE COMME JUSQU'À MAINTE-NANT ?
GRR

C'EST TROP FACILE, ÇA !
QUAND JEANNE ÉTAIT LÀ, VOUS M'AVEZ COMPLÈTEMENT IGNORÉE !
ET...
... IL Y A NATSUO !
C'EST VRAI ! QUAND VOUS M'AVEZ ABANDONNÉE...
... IL A ÉTÉ TRÈS GENTIL, IL A PRIS SOIN DE MOI !
IL EST BEAUCOUP PLUS ADULTE ET AFFECTUEUX QUE VOUS !
VOUS ...

TOUT SERAIT PLUS SIMPLE SI SEULEMENT J'ARRIVAIS À VOUS HAÏR !!
OH...
SKREEK

ÇA VEUT DIRE QUE MALGRÉ TOUT, VOUS NE ME HAÏSSEZ PAS.
MERCI...

WAAAAH
PROFESSEUR...
J'ÉTAIS SI TRISTE !
VOUS M'AVEZ TELLEMENT MANQUÉ !
PARDON ! PARDON !
JE VOULAIS TOUCHER VOTRE ZIZI ! JE VOULAIS METTRE VOTRE CULOTTE SUR MA TÊTE !
PA... PARDON...

PROFESSEUR...

JE ME SENS TOUT NERVEUX ...
... C'EST EMBAR-RASSANT !

C'EST L'AMOUR !
HUM ...
...!

* CÉLÈBRE MANGA DE GO NAGAI, LE CRÉATEUR DE GOLDORAK, RACONTANT LES AVENTURES D'UN HOMME/DÉMON

IL Y A ENCORE UNE AUTRE PERSONNE PRISE AU PIÈGE DE L'AMOUR.
SAKIKO !
PAR ICI ! PAR ICI !
402 TAKASHO

* RÉFÉRENCE À LA LÉGENDE D'AMATERASU, LA DÉESSE DU SOLEIL

NATSUO ...
LE FRANGIN ?
IL A DIT QU'IL DEVAIT ALLER À L'UNIVERSITÉ.
TU MENS !
HEIN ?
MONTRE-TOI, FRANGIN ! C'EST PAS LA PEINE DE TE CACHER !
NA... NATSUO ?!
TOI AUSSI, MONTRE TON DERCHE À SUZUKI ! MONTRE-LUI TES POILS DE TROUGNOUGNOU !
TOUT À L'HEURE, ON A JOUÉ AU STRIP POKER !
L'EST TOUT BOURRÉ ! C'EST RIGOLO !
HO ! HO ! HO ! IL A SUFFIT D'UNE COUPE DE SAKÉ !
NATSUO, C'ÉTAIT UNE VISION DE RÊVE !

C'EST REPARTI !
RAAH ! POURQUOI SEULEMENT MOI ?!
À POIL ! HA ! HA !
ON VA AU KARAOKÉ QUI EST AU-DESSUS DU MAC DO DE LA GARE ?
PLUTÔT À CÔTÉ DE MATSUKIYO, ILS ONT UN TIME ADVENTURE MEDLEY.
JE VOUS REJOINS DÈS QUE J'AI RANGÉ ICI !
SLAM
SAKIKO !

TU ES RÉVEILLÉ ?
TOUT LE MONDE EST PARTI AU KARAOKÉ. TU VIENS AUSSI ?
GRAB
CLOONG
...?!

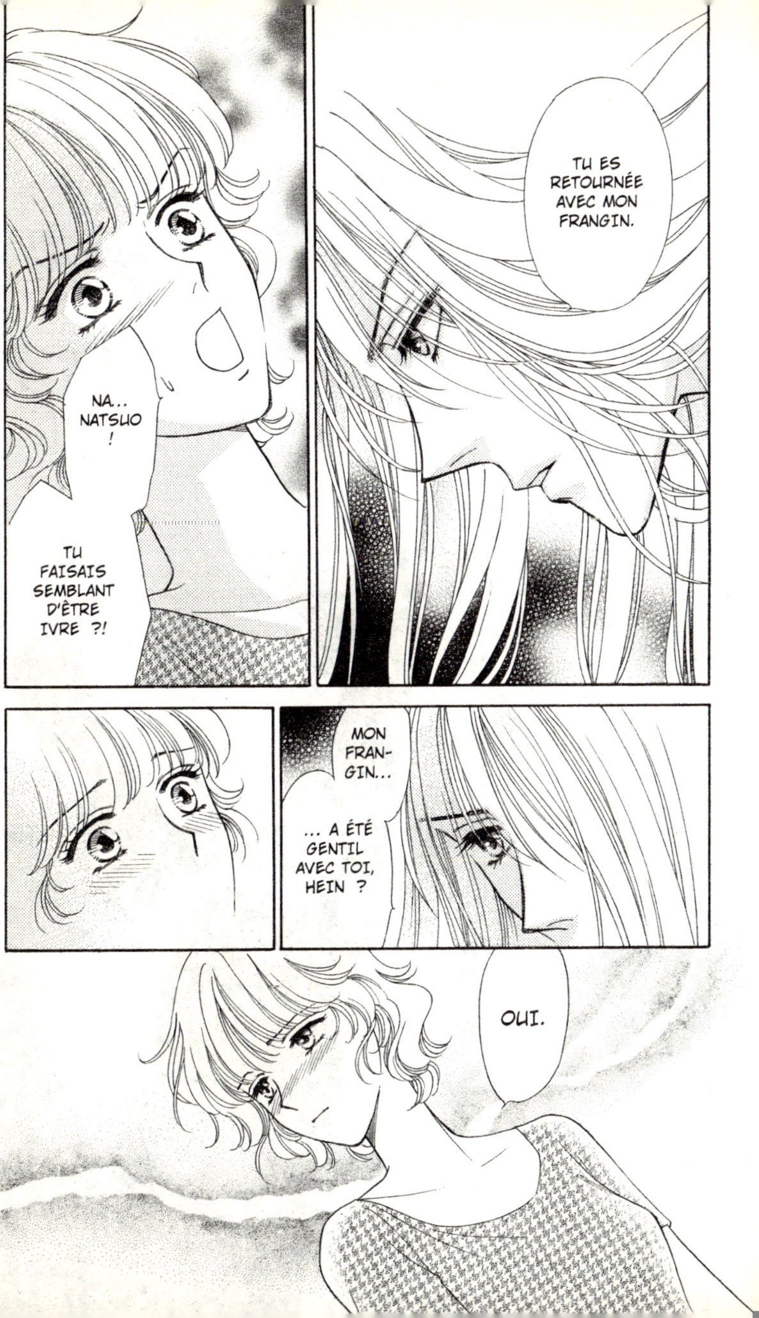
TU ES RETOURNÉE AVEC MON FRANGIN.
NA... NATSUO !
TU FAISAIS SEMBLANT D'ÊTRE IVRE ?!
MON FRANGIN...
... A ÉTÉ GENTIL AVEC TOI, HEIN ?
OUI.

GWIP
NATSUO !
NON ! ARRÊTE !
POURQUOI ?!

ALORS QUOI ?
J'ÉTAIS JUSTE UN BOUCHE-TROU PENDANT QUE MON FRÈRE N'ÉTAIT PAS LÀ ?
JE CROYAIS QUE TU M'AVAIS CHOISI ?!
NON...
TU NE PENSES QU'À MON FRANGIN !!

...?!
JE...
JE T'AIME, NATSUO.
AH...
AH BON ?
AH, BON ?
C'EST VRAI ?

J'AIME LE PR CHIFUYU.
HEIN ?!
ARRÊTE DE TE PAYER MA TÊTE !!
JE VOUS AIME.

JE VOUS AIME TOUS LES DEUX.

J'AIME LE PROFESSEUR ET J'AIME NATSUO.
TOUS LES DEUX.
JE VOUS AIME DE TOUT MON CŒUR !
JE NE PEUX PAS CHOISIR ENTRE VOUS.
ALORS JE DÉPLOIERAI LE DOUBLE D'ÉNERGIE POUR RESTER AUPRÈS DE VOUS DEUX POUR TOU-JOURS !

JE TE REPOSE ENCORE UNE FOIS LA QUESTION, SAKIKO. LEQUEL DES DEUX FRÈRES AS-TU FAIT TOMBER DANS L'ÉTANG ? LE FRÈRE AÎNÉ D'OR OU LE FRÈRE CADET D'ARGENT ?
LES DEUX !
C'EST TA DERNIÈRE RÉPONSE, SAKIKO ?!
OUI, LES DEUX ! JE LES RAMÈNE À LA MAISON !!
HUM... TU AS L'AIR SINCÈRE MAIS... TU NE TE FICHES PAS UN PEU DU MONDE ?
FRÈRES, QUE DÉCIDEZ-VOUS ?

LEÇON N° 15... AMOUR, SENTIMENTS, DÉLICATESSE ET VENT D'AUTOMNE – FIN

AVANT LA CRÉATION D'AI SURU HITO - 11

* MAGISTRAT LÉGENDAIRE QUI COMBATTAIT LE CRIME EN DÉVOILANT SON CORPS TATOUÉ DE FLEURS DE CERISIERS...

LE PETIT MOT DE L'AUTEUR

VOICI LE TROISIÈME TOME D'AI SURU HITO.
MERCI DE L'AVOIR LU ! CE TOME EST UN PEU PLUS SÉRIEUX QUE LES AUTRES. J'EN SUIS LA PREMIÈRE ÉTONNÉE.
SAKIKO S'EST TRANSFORMÉE EN CHAKO... JE VEUX DIRE, EN CHAT, ET MÊME SI JE ME SUIS BIEN AMUSÉE À LA DESSINER, IL VA QUAND MÊME FALLOIR QU'ELLE REDEVIENNE HUMAINE. SINON L'HISTOIRE N'AVANCERA JAMAIS.
N'HÉSITEZ PAS À ME FAIRE PART DE VOS IMPRESSIONS.
VOS LETTRES ME DONNENT LE MORAL !!
JE FAIS IMPRIMER ET JE REÇOIS AUSSI TOUS LES MAILS DES LECTEURS ENVOYÉS VIA LA PAGE INTERNET DU MAGAZINE PETIT COMIC. ALORS ENVOYEZ-EN AUTANT QUE VOUS VOULEZ !

T 101-8001 TOKYO-TO CHIYODA-KU HITOTSUBASHI 2-3-1
SHOGAKUKAN PETIT COMIC HENSHUBU-KIZUKE
YOSHIHARA YUKI

L'AUTRE JOUR, JE SUIS ALLÉE FAIRE UN BILAN DE SANTÉ COMPLET À L'HÔPITAL ET ON NE M'A RIEN TROUVÉ D'ANORMAL. POUR FÊTER ÇA, JE SUIS ALLÉE BOIRE.

C'ÉTAIT LE JOUR OÙ J'AI REÇU MES RÉSULTATS. QUAND J'AI RACONTÉ ÇA AU GARS DU RESTAURANT DE SUSHIS OÙ JE VAIS SOUVENT, IL S'EST ÉCRIÉ : "C'EST PAS JUSTE ! AVEC TOUT CE QUE VOUS BUVEZ ?!" PFF !

JUIN 2005

AI SURU HITO 3
Yuki Yoshihara

MARS 15
Fuyumi Soryo

ANGEL HEART 8
Tsukasa Hojo

RING 0
Kôji Suzuki · MEIMU
Hiroshi Takahashi

SAINT SEIYA EPISODE G 4
Masami Kurumada
Megumu Okada

BANANA FISH 15
Akimi Yoshida

ARAHABAKI 1
Koushi Rikudou
Un clan d'hommes et de femmes aux pouvoirs occultes était au service des plus puissants et s'occupait, depuis l'Antiquité, des missions les plus difficiles. Ils ont maintenant presque tous disparu. Dans le Japon d'aujourd'hui, une guerre fait rage entre les survivants de ce clan et la fille de leur ex-leader. Entre complots, mystères et combats à couper le souffle, impossible de rester de marbre devant *Arahabaki*

IKKITOUSEN 5
Yuji Shiozaki

ENFER & PARADIS 12
Oh! great

LONE WOLF & CUB 9
Kazuo Koike · Goseki Kojima

Directeur de l'édition française
ALAIN GUERRINI
Comité de direction
A. GUERRINI
A. DENECHERE
S. DALLAIN
Directeur délégué
SÉBASTIEN DALLAIN
Directeur éditorial européen
MARCO M. LUPOI
Chef de produit marketing
MARJORIE TODRANI
Coordinateur marketing
WALTER DE MARCHI
Contrôleur de gestion
JOHN SCALA
Relations presse/Responsable commercial
JÉRÔME ARAGNOU
Coordinateurs éditoriaux
MATTEO LOSSO
ANNA RODELLA
Supervision
MARIE-PAULE GARCIA
Rédacteur
MATTHIAS DAGORNE
Directeur artistique
MARIO CORTICELLI
Conceptrice graphique et maquettiste
SABRINA PIU
Avec la collaboration de
JOSÉPHINE BAGLIO
LAURENT FRÉMONT
ASTRID LEONTI
et de toute l'équipe de Panini Comics

AI SURU HITO 3 - Cours de séduction en 20 leçons
ISBN : 2-84538-507-2

Un ouvrage
GÉNÉRATION COMICS/PANINI FRANCE S.A.

Commercialisation et relations média :
PANINI FRANCE S.A.
Z.I. SECTEUR D - B.P. 62
06702 SAINT-LAURENT-DU-VAR CEDEX
www.paninicomics.com
Tél. 04 92 12 57 57
Fax 04 92 12 57 58

 Impression : NOVASTAMPA DI VERONA, via Lussemburgo, 6 (VR). Imprimé en Italie/Printed in Italy.

ATTENTION !

Afin de respecter l'œuvre et son auteur, ce manga est présenté dans son sens de lecture original. Vous êtes ici à la fin du volume. Commencez par la dernière page et lisez les bulles de droite à gauche.